Alain Le Saux

Le prof m'a dit
que je devais absolument repasser
mes leçons

Rivages

© RIVAGES, 106, BOULEVARD SAINT-GERMAIN, 75006 PARIS / ISBN : 2-7436-0118-3

Le prof d'espagnol a dit
qu'il trouvait mon copain Jules insupportable
quand il était déchaîné.

Le prof de sciences nat a dit
à Camille qu'elle devait sortir de sa coquille.

Le prof d'histoire-géo nous a dit
que dans les Alpes beaucoup de maisons
s'accrochaient
au flanc de la montagne.

Le prof de maths nous a dit
qu'il allait jeter un œil sur nos cahiers
d'exercices.

Le prof d'histoire-géo nous a dit
que la Méditerranée était dangereuse lorsqu'il
y avait de grosses lames.

Le conseiller d'éducation m'a dit
qu'il ne voulait plus voir les portes bâiller
derrière moi.

Le prof de gym nous a dit
qu'il avait un chien policier.

Le prof d'anglais m'a dit
que je devais absolument repasser mes leçons.

Le prof de français a dit
à mon copain Jean-Loup qu'il était un élève
beaucoup trop mou.

Le prof de physique nous a dit
qu'il n'était pas venu hier parce qu'il
brûlait de fièvre.

Le prof de sciences nat nous a dit
que l'estomac d'une vache possédait
trois compartiments.

Le prof de dessin m'a dit
que j'étais doué et qu'il allait me prendre
sous son aile.

Le prof de physique nous a dit
que Monsieur Bell était le père du
téléphone.

Le prof de musique a dit
que mon copain Clet avait un nez
en trompette.

Le prof de français m'a dit
que son petit doigt lui avait dit que je me
faisais aider pour mes rédactions.

Cet après-midi le prof de sciences nat
nous a demandé qui donnait sa langue au chat.

Le prof d'anglais nous a dit
qu'en Grande-Bretagne un ouvrier pouvait
gagner entre vingt et trente livres
par jour.

Le prof d'histoire nous a dit
qu'il allait nous enfoncer les dates dans
le crâne.

Le prof de sciences nat nous a dit
qu'au printemps certaines fleurs poussaient
très vite.

Le prof de français m'a dit
que je devais connaître les vers de mon
livre de poésie.

Totor et Lili chez les Moucheurs de nez
TEXTES ET DESSINS DE PHILIPPE COHUMAN ET ALAIN LE SAUX

Collection le Monde des Adultes / Volume 1 / Editions Rivages

Papa m'a dit
que son meilleur
ami était un
homme-grenouille

par Alain Le Saux   Rivages

Maman m'a dit
que son amie Yvette
était vraiment
chouette

par Alain Le Saux   Rivages

Ma maîtresse a dit
qu'il fallait bien
posséder la langue
française

par Alain Le Saux   Rivages

C'est à quel sujet?

par Philippe Corentin   Rivages

Nom d'un chien

par Philippe Corentin   Rivages

Porc de pêche
et autres drôles
de bêtes
par Philippe
Corentin
Rivages

Papa n'a pas le temps

par Philippe Corentin   Rivages

ENCYCLOPÉDIE
DES GRANDES
INVENTIONS
MÉCONNUES

Mon copain Max m'a dit
qu'il comptait sur son papa
pour faire ses devoirs
de mathématiques

par
Alain Le Saux   Rivages

INTERDIT/TOLERE

ALAIN LE SAUX   RIVAGES

papa
ne
veut
pas

Alain Le Saux   Rivages

Drôles de nez

Alain Le Saux

la maîtresse
n'aime
pas

Alain Le Saux   Rivages

Le prof m'a dit
que je devais absolument
repasser mes leçons

par Alain Le Saux   Rivages

DÉJÀ PARUS :
TOTOR ET LILI CHEZ LES MOUCHEURS DE NEZ
par Alain Le Saux
et Philippe Corentin
PAPA M'A DIT QUE SON MEILLEUR AMI ÉTAIT UN HOMME GRENOUILLE
par Alain Le Saux
MAMAN M'A DIT'QUE SON AMIE YVETTE ÉTAIT VRAIMENT CHOUETTE
par Alain Le Saux
C'EST À QUEL SUJET
par Philippe Corentin
NOM D'UN CHIEN
par Philippe Corentin
PORC DE PÊCHE ET AUTRES DRÔLES DE BÊTES
par Philippe Corentin
MA MAÎTRESSE A DIT QU'IL FALLAIT BIEN POSSÉDER LA LANGUE FRANÇAISE
par Alain Le Saux
PAPA N'A PAS LE TEMPS
par Philippe Corentin
ENCYCLOPÉDIE DES GRANDES INVENTIONS MÉCONNUES
par Alain Le Saux
MON COPAIN MAX M'A DIT QU'IL COMPTAIT SUR SON PAPA
POUR FAIRE SES DEVOIRS DE MATHÉMATIQUES
par Alain Le Saux
INTERDIT / TOLÉRÉ
par Alain Le Saux
LE PROF M'A DIT QUE JE DEVAIS ABSOLUMENT
REPASSER MES LEÇONS
par Alain Le Saux
PAPA NE VEUT PAS
par Alain Le Saux
DRÔLES DE NEZ
par Alain Le Saux
LA MAÎTRESSE N'AIME PAS
par Alain Le Saux

ACHEVÉ D'IMPRIMER
EN JUILLET 1996
SUR LES PRESSES DE
L'IMPRIMERIE DARANTIERE
8, BD DE L'EUROPE - 21800 QUETIGNY
POUR LE COMPTE DES ÉDITIONS RIVAGES
106, BOULEVARD SAINT-GERMAIN - 75006 PARIS

DÉPÔT LÉGAL : MARS 1990
N° IMPRESSION : 96-0563